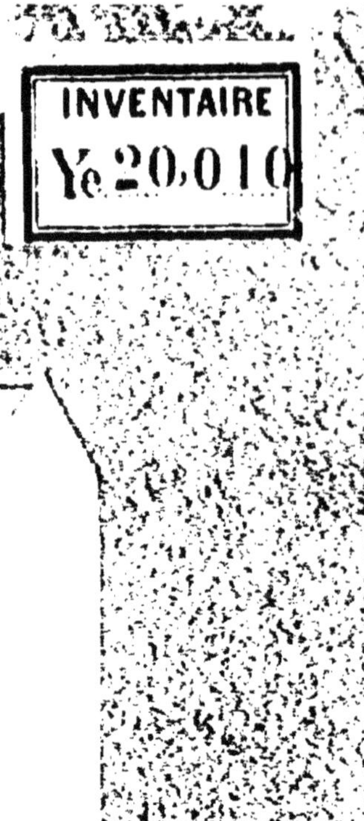

# CADET BUTEUX

## AU

## VAMPIRE.

Ye

20010

Tous les exemplaires non signés par l'Editeur seront réputés contrefaits, ainsi que tous les Extraits dont il n'aura pas donné l'autorisation par écrit.

DE L'IMPRIMERIE DE J. SMITH.

# CADET BUTEUX

## AU

# VAMPIRE,

## OU

## RELATION VÉRIDIQUE

Du Prologue et des trois Actes de cet épouvantable
Mélodrame, écrite sous la dictée de ce passeux du
Gros-Caillou, par son secrétaire

## DÉSAUGIERS.

*Vivent les morts !*

A PARIS,

Chez ROSA, Libraire, grande cour du Palais-Royal.

AOUT 1820.

# CADET BUTEUX

## AU

## VAMPIRE.

Air : *Que le sultan Saladin.*

En v'là ben d'une autre encor !
C'est donc d'pus fort en pus fort !
Qu'les Danaïd's, la Vestale,
Qui fir' fureur et scandale,
Aient fait d'l'or..... Dieu sait combien !
C'est bien !
Fort bien !
J'leux ons aussi porté le mien.....
Mais, hier soir, j'ons vu le Vampire....
C'est ben pus piré. (*bis.*)

Air : *T'nez, moi, je suis un bon homme.*

Qu'est-c' qui connait rien d'pus cocasse
Qu'un trépassé qui s'porte bien ?
Qui meurt, qui ressuscit' sur place,
Qui mang' de tout et vit de rien ?
C'tapendant pour voir c'te bêtise,
C'est tous les jours foule au bureau !...
N'y en a jamais tant à l'église,    } (bis.)
Maugré qu'on entre *pro Deo,*

Air : *Déçacheur sur ma porte.*

Dam ! c'est qu'c'est un' pièc' qu'est faite
Pour fair' dresser sur la tête
   Les ch'veux d'quiconque en a....
Et j'vas vous raconter c't'horreur-là ;
Car moi, qui ne suis qu'un' bête,
J'la sais, comm' si j'l'avais faite. (bis.)

**Air :** *Du vaudeville de Partie carrée.*

J'voyons d'abord l'pus joli p'tit cim'tière ;
Tout d'bout, dans l'fond, un ange à fair' frémir...
A côté d'lui, tout d'son long sur un' bière,
Un' dame en blanc occupée à dormir.
D'frayeur, tout l'monde est tremblant, muet et
blême ;

Un sourd pourrait entendre un' mouch' voler....
N'y a pas enfin jusqu'au souffleur lui-mème
Qui n'ose pas souffler. (3 *fois.*)

**Air :** *Monsieur le Prévôt des Marchands.*

L'ange d'la lun' nous tomb' des cieux
Pour s'entret'nir avec le vieux ;
Et, dans cette intention, il m'semble
Que l'voyage était essentiel,
Vu que, pour chuchoter ensemble,
Y a z'un peu loin d'la terre au ciel.

**Air : *Une fille est un oiseau.***

Par eux, j'apprenons comm' quoi
Des défunts quittant les d'meures,
L'Vampir' tout' les trent'-six heures,
Doit, aux termes d'une loi,
S'régaler d'une fiancée,
Qui, sucée et resucée,
Entre ses bras trépassée,
Trent'-six heur's après encor,
Laisse à notre bon apôtre
Le temps d'en r'sucer une autre....
Sinon l'défunt s'rait ben mort.

**Air : *Des Pierrots.***

Mais l'ang', qu'a ben cent ans et l'reste,
Du Vampir' n'étant pas cousin,
S'promet ben, tant il le déteste,
D'la faire danser au voisin.
« J'le r'command'rai, dit-il, au prône, »
Et j'voyons, sans êt' ben rusé,
Que, quoiqu' l'ange ait un' barb' d'une aune,
C'est le Vampir' qui s'ra rasé.

Air : *Du Pas redoublé.*

Mais qu'est-c'qu'c'est donc que c't'ang' barbon ?
Me d'mand'ra-t-on peut-être. . . .
C'est un ang' qui n'est pas très-bon,
Quoiqu'il veuille l' paraître.
Et l'on d'vine à son air cassé,
A ses façons sauvages,
A son ton lourd, triste et glacé,
Qu'c'est l'ange des mariages.

Air : *Comme on fait son lit on se couche.*

Pour prendre un instant de repos,
Comm' les deux anges se saluent ;
Une heur' sonne, et j'vois des tombeaux
Tous les couvercles qui se r'muent.
C'est l'heure d'la récréation ;
Et, voyant qu'd'aut' s'en effarouchent,
J'leux dis : C'est qu' les morts, dans c'canton,
Se lèvent, quand les vivans s'couchent. (*bis.*)

Air : *Rien n'était si joli qu'Adèle.*

Pour sortir d'leurs tannières sombres,
   Soul'vant sans efforts
La pierr' qui couvr' leurs corps,
   V'là trent'-six morts
   Le nez dehors,
   Qui s'disont tous :
  « Amusons-nous,
  « Trémoussons-nous,
  « Amusons-nous,
  « Trémoussons-nous,
   « Ombres. »
Ils prenn' leurs ébats,
Puis ils r'gagnont les Pays-Bas.

Air : *Réveillez-vous, belle endormie.*

—Réveille-toi, belle endormie!....
Crie un aut' mort, d'je n'sais quel lieu ;
Et la dormeuse, tout' saisie,
Croyant qu'c'est l'diabl', crie : Ah! mon dieu!

Air : *Nous nous marierons dimanche.*

Ah ! queu chien d'effet,
Quand, comm' d'un buffet,
Sort et s'élance au-d'vant d'elle
Un ci-d'vant humain,
L'poignard dans un' main
Et dans l'autre une chandelle !
Sur ell' voyant
Que le r'venant
Se penche,
L'ang' crie : « Alt'-là !
Sinon j'prends ma
Revanche.... »
A c'mot, l'loup-garou
Rentre dans son trou
Et le poignard dans son manche.

Air : *Des Pendus.*

Là-d'ssus Oscar (car c'est son nom)
R'mèn' la d'moiselle à sa maison ;
Ituriel (c'est l'ange d' la lune)
En r'prend l'chemin, maugré la brune ;
Et moi, je m'dis : Assez causé....
V'là z'un ouvrag' ben exposé !


FIN DU PROLOGUE.

# ACTE PREMIER.

Aɪʀ : *Du major Palmer.*

L'ᴛʜᴇ́ᴀᴛʀ' change et comme un' masse
J'voyons l'cim'tière enterré,
Puis v'là qu'on nous donne en-place
Un beau salon tout doré;
Puis j'apprenons que la dame
Qui, dans les *de profundis*,
Sommeillait de tout' son âme,
Est la demoisell' du logis.
La veill', de s'prom'ner tentée,
Pour profiter d'un beau soir,
Ell' s'était tant écartée
Que l'eau venant à pleuvoir,
Pour s'garantir de la crotte
Qu'elle eut rencontrée en ch'min,
Ell' porta l'pied vers un' grotte
Qui se trouva sous sa main.

Dormir un' nuit toute entière,
Et, comm' si de rien n'était,
Dans l'plus profond d'un cim'tière
Où chaqu' mort ressuscitait!...
Mais tout' les dames conviennent
Qu' la nuit ell' préfèr' tout bas,
Les morts qui queuqu'fois reviennent
Aux vivans qui ne r'vienn' pas.

Air : *Tous les bourgeois de Chartres.*

Elle fait à sa servante
Qui, pour la r'voir accourt,
D'son rêv' qui l'épouvante
L'récit plus long que court.
En fait d'peurs, dit la vieille, ah ! j'connaissous
        les vôtres !
Pour un homm' qu'on a vu la nuit,
Faut-il donc faire tant de bruit?
Moi, j'en ai vu bien d'autres.

Air : *Non, je ne ferai pas ce qu'on veut que j'fasse.*

Mais, chut ! j'entendons v'nir in'sieur Aubray,
son cher frère,
Et sur c' rêve, d'vant lui, faut avoir soin d'se taire.
Il n'veut entend' parler ni de r'venant ni d'mort ;
C'est un ben faible acteur, mais c'est un esprit fort.

Air : *De la Catacoua.*

D'puis queuq' temps toujours en voyage,
Et pressé de marier sa sœur,
Il portait sur lui son visage
Qu'il montrait à chaq' voyageur.
De Rutwen, un jour s'trouvant proche,
Il tir' sa sœur de son gousset ;
Zeste, ell' lui plaît,
Le contrat s'fait.
Crac, v'là qu'il meurt ; mais son frère paraît ;
Aubray r'tire sa sœur d'sa poche ;
L'un remplac' l'autre, et v'là c' que c'est.

Air : *Gai, gai, mariez-vous.*

« Gai, gai, gai ! c'est demain
« Dit à Malvina l'cher frère,
« Gai, gai, gai ! c'est demain
« Que Morsden aura ta main. »
—Rutwen fut mon prétendu ;
« Seul, dit-elle, il a su m'plaire,
« Et c'est lui qu'mon cœur préfère,
« Quoiq' je n' l'ayons jamais vu. »
—Gai, gai, puisqu'il est mort
« Il faut y r'noncer, ma chère,
« Gai, gai, je l' pleure encor,
« Mais les morts ont toujours tort. »

Air : *Ah ! Monseigneur.*

Brigitte accourt.—« V'là Monseigneur,
Le prétendu d'mamsell' vot' sœur ; »
L'Vampir' paraît. Ah ! tatigué !
J'veux êtr' pendu, si pour l'air gai,
Pour l'embonpoint et l'teint vermeil,
Le pèr' Lachaise a son pareil.

Air : *Il était une fille.*

En mort d' bonn' compagnie,
S'avançant poliment,
Il leur tourne un biau compliment;
Et la mine ébahie
R'connaissant c' défunt-là....
L' frère et la sœur sont d' là
—Ha! »

ᴀᴠᴠᴠᴠᴠᴠᴠᴠᴠᴠᴠ

Air : *De Gaspard l'avisé.*

—L'un s' dit : c'est lui, la peste m' crève!
—L'aut' : c'est l' fantôm' de d'dans mon rêve!
—Rutwen que j' croyais au tombeau!
    Ho! ho! ho! ho! »
—Quoi! Rutwen s'rait ce fantôm' là!
    Ha! ha! ha! ha !
Qu' c'est drôl'! (*bis*) des chos' comm' ça !....
—Cher Rutwen, est-c' que tu s'rais toi?....
—Qui veux-tu que j' sois, si c' n'est moi? »
—Mais c'tapendant j' t'ons ben vu mort, »
—C' qui m'empêch' pas que j' vis encor;
    Et l' nigaud,
    Comme un sot,
    Toujours d' là..... (*l'air étonné.*)
    Aval' ça.

Air : *Du Ménage de Garçon.*

—Etant le plus ancien en date
« Je r'prends mes droits sur ma moitié;
« Mais une affaire délicate
« Veut qu' dès ce soir je sois marié,
« Mon bonheur, mes jours, tout l' réclame,
« J' t'ouvre mon âme sans détour; »
    Et l' Vampire, en ouvrant son âme, ⎰ *(bis.)*
    Ouvre sa bouche comme un four. ⎱

Air : *Des Découpures.*

    Justes dieux !
Qu'est-ce qu'il a dans l' s'yeux?
C' n'est plus des prunelles...
C'est comm' de gross' étincelles
    Dont le jeu
    Ferait, sarpejeu !
  R'culer les demoiselles
  Les pus fait's au feu.
—Ah!serr' nos, ah! serr' nos, ah! serr' nos nœuds!»
  Dit l' gourmand infâme
  Qui voudrait souper d' sa femme,
Il n'en l'ra *(bis)* qu'un r'pas ou deux
    S'il a, l' malheureux,
L' ventre aussi creux qu' les yeux.

Air : *Écoutez l'histoire entière.*

Quoiqu'ça, c'te maigreur lui donne
L'air sentimental ;
Et déjà la jeun' personne
Ne l' voit pas trop mal.
Moi-mêm', sans êtr' son amie,
J' ly trouve, à mon gré,
Assez bonn' physionomie
Pour un déterré.

~~~~~~~~~~~~~

Air : *Nous nous verrons demain sur le champ de bataille.*

Bref, on fisque au lend'main l' jour de ces nœuds
atroces ;
La pauvre enfant n'sait point
Qu'ell' jou' son embonpoint,
Et, qu' feu m'sieu son mari, la premièr' nuit d' ses
noces,
La suc'ra,
Resuc'ra,
Puis resuc'ra,
Puis resuc'ra,
Tant qu'il ressuscit'ra
Ah! ah! ah! ah!
Et qu'elle périra.

2*
~~~~~~~~~~~~~

Air : *Tout le long, le long de la rivière.*

Mais un repas n' lui suffit pas,
Et comm' d'un tendron plein d'appas,
Un d' ses valets doit dans sa terre
Etr' ce jour-là propriétaire,
A cell' fin de ne pas l' manquer,
Il court bien vite s'embarquer.....
Vu qu'on lui dit qu' pour se rendre à sa terre,
L' pus court, c'est le long, le long de la rivière,
L' pus court, c'est le long de la rivière.

Air : *Des Pendus.*

La première acte finit là.
Si l's'autres n' valont pas mieux qu' çà,
La pièce ne f'ra pas fortune....
Mais faut croir' que, puisque la lune
Y joue un rôle intéressant,
L'intérêt ira z'en croissant.

**FIN DU PREMIER ACTE.**

---

# ACTE SECOND.

~~~~~~~~~~~~

Air : *Dans ma chaumière.*

UNE campagne (*bis*)
Vient à nos yeux fair' son effet ;
J' vois un' chaumière, une montagne,
Des arbr's, des herb's, enfin c' qui fait
Une campagne. (*bis.*)

~~~~~~~~~~~~

Air : *Cadet Roussel est bon enfant.*

Edgard, qu'est l' futur à marier,
Dans le village accourt l' premier
Dire qu' son maîtr' qu'on croyait mort
N' l'est pas, et qu' même il vit encor.
Effrayé d'un' merveill' si neuve,
Chaqu' mari veuf et chaq' femm' veuve
« Oh ! oh ! marmott' tout bas,
« Pourvu que c'te mod' là n' prenn' pas. »

Air : *La Faridondaine.*

Mais tout d'un coup v'là qu'on entend
  Des chants, des cris d' guinguette,
C'est tout l' pays dansant, sautant,
  Qui s'en vient en goguette,
Fêter au son du chalumeau,
    Avec le hameau,
    Notre *ecce homo*
Qui les r'çoit d'un air attendri,
    Biribi,
A la façon de barbari,
    Mon ami.

Air : *Du Menuet d'Exaudet.*

    Pauvre Edgard !
    L' premier r'gard
    Du Vampire,
De ta bell' du haut en bas
A r'luqué les appas,
Et v'là l' mort qui soupire ;
    Mais l' futur
    Est si sûr
    D' sa p'tit' femme,

Qu'il ne cherche pas à voir
C' que l' rev'nant peut avoir
        Dans l'âme;
« Ce soir, not' contrat se dresse,
« Seigneur, fait's-nous là promesse
        « De daigner
        « Y signer....
        —Oui, ta belle
« Est mon cher un vrai trésor,
« Et je f'rai plus encor
        « Pour elle. »
        —Quel bonheur!
        Quel honneur!
        Vous nous faites! »
—Non, qu'il répond, l'œil hagard,
Pour moi, mon cher Edgard,
*Les mariag's sont des fêtes;* »
        L' pauvre amant
        Donn' bêt'ment
        Dans la bosse;
Puis l' mort lui sourit là-d'ssus
D' l'air l'pus gracieux et l' pus
        Féroce.

Air : *Tarare Pompon.*

Tout l'monde au trépassé,
Avec respect propose
Un verre de queuqu' chose....,
Ça s'ra bentôt varsé ;
La bière n'peut pas nuire ;
Mais on fait d'vains efforts ;
Son geste a l'air de dire :
J'en sors,

~~~~~~~~~~~~~~~

Air : *J'ai vu la meûnière.*

J'crois pourtant qu'un rafraîchiss'ment
Lui s'rait salutaire,
Car d'plus en plus sensiblement
Son regard s'altère.. ..
Et Lovett', toujours se sauvant,
A toujours du diable d'ci-d'vant
Un œil par derrière, } *(bis.)*
Un œil par devant.

~~~~~~~~~~

Air : *Nage toujours, mais n't'y fie pas.*

La danse est à pein' commencée
Que l'ang' barbu malicieusement,
Sur un morceau d' harpe cassée,
Vient pincer sentimental'ment
 Un' romanc' qui
 Finit ainsi :
« Défie-toi-z-en, jeune fiancée,
 « Crains d' succomber ;
 « Qui s' laiss' tomber
« N' peut pas manquer que de la gober. » *(bis.)*

Air : *La boulangère a des écus.*

Impatienté d'un air si lent,
 Et tout pâle d' colère,
Traitant l' musicien d'insolent,
 L' bourgeois atrabilaire,
Sans plus d' respect pour le talent,
 Envoi' faire
 Lanlaire
  L'air lent,
  Faire
  L'air lent
  Lanlaire.

Air : *Suzon revenait du village.*

Mais d' mieux en mieux v'là qu'il s'enflamme,
Et qu'il s'en vient dire au marié :
—Laisse-moi seul avec ta femme,
Donne-moi c' te preuv' d'amitié.
  —C' que veut not' maître,
    Dit l'aut', doit être
    Un d'voir, un' loi
Pour ma femme et pour moi;
    Mais j' vous en prie,
    Dans vot' causerie,
    Tâchez....—Quoi donc?
—De n' pas être trop long.
L' Vampir' lui répond qu' sa fiancée
Dans queuqu' minutes lui r'viendra,
Et moi, j' lui réponds qu'il n' l'aura
    Que d' la s'conde sucée.

Air : *Des Trembleurs.*

Les v'là seuls..... Ah! pauvre p'tite,
Si tu m'en crois, sauv' toi vite;
Queu chien d' vertigo l'agite?
Un ch'val n'est pas plus brutal.

Comm' sa figur' s'enlumine!
J' veux que l' diable m'extermine,
Si l'on n' croirait à sa mine
Qu'il va tomber du haut mal.

~~~~~~~~~~~~~

Air : *Nage toujours, mais n't'y fie pas.*

« Objet d' mon âme et d' ma pensée,
« J' sens dans mon cœur l' feu circuler,
« Vas-tu long-temps rester glacée?
« Vas-tu long-temps m' laisser brûler?
  « N'y a pas d' témoin. »
— Mais v'là que d' loin
L'ange redit : « Jeune fiancée,
  « Crains d' succomber;
  « Qui s' laiss' tomber
« N' peut pas manquer que d' la gober. »

~~~~~~~~~~~~~

Air : *Lubin a la préférence.*

Sur c' coup-là, les grand's bamboches,
  Crispations, contractions,
  Convulsions, contorsions....
Gar' les ceux qui s'raient trop proches....

Pied, bras, jambe et cœtera
Tout va,
Ses ch'veux s'dressent, ses yeux roulent..
« C'est pour moi qu' tes larmes coulent. »
Et puis les grands pas,
Et puis les grands bras...
Et puis... mais non... je n'osons pas...
Si l'on paye un tribunal
Pour qu'il ne s' pass' rien d'immoral,
Dans aucune espèce
De pièce,
J' disons franchement
Qu' du gouvernement,
Les jug' en jugeant
N' volont pas mal l'argent.

~~~~~~~~~~~~~

Air : *C'est un enfant.*

Viens donc, dit-il, ou tu s'ras cause
Que j' descendrai la garde d' main ;
Puis d' son gousset, il tir' queuqu' chose,
Qu'il veut lui mettre dans la main :
—Pas d' bourse, j' suis sage, »
Et l' Vampire en nage
S' dit, voyant rev'nir les violons :
Dissimulons! (*bis.*)
~~~~~~~~~~~~~

Air : *Eh ! voilà la vie.*

On s' redésaltère....
D' parent et témoin
L' marié remplit l' verre,
Lovett' pleur' plus loin....
Tandis que l' Vampire
    Soupire,
    Conspire,
    Soupire
  Et n'aspire
Qu'à la t'nir dans un coin.

Air : *Du haut en bas.*

Ça n' manque pas,
Et l' malin, qui n' perd pas la carte,
  Se dit tout bas :
—Voyons où c' qu'ell' port'ra ses pas, »
Et puis, la voyant qui s'écarte :
—V'là l'heure, dit-il, où faut que j' parte... »
  Ça n' manque pas.

Dépêchez-vous d' boire et d' danser,
  J' vous y invite,
  Et ben vite ;
Dépêchez-vous d' boire et d' danser,
V'là l' gâchis qui va commencer.
N' voyant plus l' Vampire, ni Lovette,
Edgar, qui d'puis queuqu' temps les guette,
Quittant bouteille et rigaudon,
Part à tout' jambe, et gar' l'oignon!....
Dépêchez-vous d' boire et d' danser,
  J' vous y invite,
  Et ben vite ;
Dépêchez-vous d' boire et d' danser,
V'là l' gâchis qui va commencer.

AIR : *De la Parole.*

D' la frayeur et du saisiss'ment
C'est ici le moment l' pus drôle,
Et c'est ici qu' dans l' firmanient
La lun' va bentôt jouer son rôle ;
Et pour ça, l'auteur, dans c't endroit,

Aux quinquets f'sant succéder l'ombre,
Fait si ben qu'à peine on se voit,
C' qui, d' sa part, n'est pas maladroit,
Vu qu' moins il fait clair(*bis*), pus c'est sombre.

Air : *Eh quoi ! tout sommeille.*

Un cri s' fait entendre,
Deux cris s' font entendre,
  Trois cris, quat' cris,
Et tout l' monde surpris,
A pareille esclandre,
N' pouvant rien comprendre,
  D' frayeur transi,
S' met à crier aussi.
  Moi, qui m'imagine
  Que l' Vampir' lutine,
  Chiffonn', turlupine
Lovett' sur l' gazon',
Tout haut, v'là que je crie :
  A-t-on vu, j' vous prie,
  Un mort fair' la vie
  De c'te façon ?
Mais v'là qu' la fiancée
A moitié sucée,
  Ses cheveux hagards

Et ses beaux yeux épars,
Criant à tue-tête,
Se sauve d' son bête
D'Urluberlu,
Qu'en veut comme un goulu.

AIR : *Tontaine, Tonton.*

Le futur, lui donnant la chasse,
Lui lâche un coup de mousqueton,
Tonton, tonton, tontaine, tonton,
Et vous l' fait pirouetter sur place
Ni plus ni moins qu'un vrai tonton,
Tonton, tontaine, tonton.

AIR : *Du verre.*

Sur l' coup, on entraîne l' mari,
Qui ne r'paraît plus dans l'ouvrage ;
On emmène Lovette aussi,
Qui n' reparaît pas davantage ;
Et, puisqu' l'auteur était en train,
Que n' nous l'sait-il la politesse
D' fair' disparaître d'un coup d' main
Tous les personnages d' la pièce !

Air : *De la Sentinelle.*

L'astre des nuits, sur ces singuliers bords,
A la vertu rare et particulière
D' ressusciter les gens tout fraîch'ment morts,
Sitôt qu' sur eux il fait luir' sa lumière.
  Aussi dit-on que dans l' pays,
  Quand les femmes ferm' la paupière,
  A la demande des maris, (*bis.*)
  C' n'est qu'à midi qu'on les enterre.

Air : *Au clair de la lune.*

—Au clair de la lune, »
  Dit l' mort, « j' veux mourir...
« Dans mon infortune,
« Ça me f'ra plaisir.
« Ma chaleur est morte,
« Je n'ai plus de feu ;
« Vite, qu'on m'y porte,
« Pour l'amour de Dieu ! »

Air : *Au coin du feu.*

Il d'mande à son beau-frère
Qu' dans l' silence on enterre
  C't accident-là...
Sur quoi, l' beau-frèr' docile
Lui dit d' mourir tranquille,
  Qu'on l'enterr'ra. (*ter.*)

Air : *Des Pendus.*

On l'étale au feu sans pareil
D'un' lun' qui brill' comme un soleil.
Il ferm' les yeux, il pench' la tête ;
Un' bonne nuit que je lui souhaite,
Et qu'il peut m' souhaiter pareill'ment,
Car v'là que j' m'endors égal'ment.

**FIN DU SECOND ACTE.**

---

# ACTE TROISIÈME.

*wwwwwwww*



Air : *Des Filles à marier.*

RÉVEILLÉ par un coup d' timbale,
Au bout d'un bon quart-d'heure ou d' deux,
Je r'garde autour de moi dans la salle,
Et j' vois qu'on bâille à qui mieux mieux.
D'où c' que j' conclus que dans c' qu'on vient
d'entendre,
N'y avait pas de quoi rir', pleurer, ni frémir. (*bis.*)
Et q'si queuq' fois l'on n' perd rien pour attendre,
Queuq' fois aussi l'on n' perd rien pour dormir.

J' m'éveille au moment où l' cher frère
Est en train de dissimuler :
Il a tant promis de se taire !..
Mais ça n' l'empêchera pas d' parler.
J'oubliais l' décor... queu dommage !..
N'y a rien du tout... mais j' vois quoiqu' ça
Q'un' toil' se lev'ra pour l' mariage,
Et qu'un' p'tit' chapell' s'ouvrira.

∿∿∿∿∿∿∿∿∿



Voyant Aubray, l' nez dans l' manteau,
L'œil en d'sous, l'oreill' dans l'épaule,
Sa sœur lui d'mand' c'qu'il sait d' nouveau,
Pour avoir comm' ça l'air tout drôle ;
    Il dit qu'il n' sait rien :
    Je l'crois, morgué ! bien,
Puisqu'il ne sait pas même son rôle.

∿∿∿∿∿∿∿∿∿

Air : *Vaudeville du Sorcier*.

Pourquoi, lui dit-ell', mettr' la puce
A l'oreille de Malvina?
Vaudrait mieux que tout d' suite j' susse...
—C'est ben plutôt ell' qu'on suc'ra. »
Bref, au milieu de c'te bell' scène,
Voyant r'paraître l' prétendu
    Qu'il a vu
  Roide mort étendu ;
Aubray qui n' peut croir' qu'il en r'vienne,
Dit à sa sœur en l'entraînant :
    C'est un r'venant. (*4 fois.*)

⁂

Air : *Lise aimait le beau Gernance*.

« Vois c'te figur' sèche et blême,
« C' n'est plus q' l'ombre de lui-même,
« C'est son esprit qui revient....
« Malheur à toi, s'il te tient ! »
Rutwen donn' des preuv' sans nombre,
Que dans tout c' qu'il fait et dit,
N'y a pas plus d'esprit que d'ombre,
Et pas même ombre d'esprit.

⁂

3*

Air : La fille au coupeur de paille.

—Aubray veut, la chose est claire,
Mett' ma patienc' à l'essai,
Car Aubray sait bien, j'espère,
Que tout c' que j' lui dis est vrai;
  Aubray, mon cher Aubray,
R'connais ton ami, ton frère… »
—Oh! Brais, tant q' tu voudras…
  Je n' te reconnaîtrai pas.


Air : Un jour à Fanchon j'dis, ma fille.

—Sans farc', allons, couronn' ma flamme; »
—Oui, c'est ça, compt' sur l' conjungo
    Et bois d' l'eau;
T'es un mort ou t'es un infâme,
    Par ainsi sors
  Ou j' te fais mett' dehors;
Ma sœur ne s'ra jamais la femme
    D'un corps sans ame
  Ni d'une am' sans corps.

Air : *C'est bien naturel.*

L' Vampire en prison l' colloque,
Disant qu'il bat la breloque,
Et l' menant comme un forçat,
    C'est-y délicat ? (*bis.*)
Puis Malvina qui l' voit faire,
A l'emprisonneur d' son frère,
Jure un amour éternel....
    C'est ben naturel
      J'espère,
    C'est ben naturel. (*bis.*)

Air : *Grace à la mode.*

Puisque tu m'aimes,
Puisque j' t'aime aussi,
Puisque j' somm' ici
Entre nous-mêmes,
Viens, courons d' ce lieu
A l'autel....

Air : *Digo, d'Jeannette.*

« Dieu !
« Puis-j't'y faire
« Un coup comm' çà,
« Sans mon frère?.. »
—Pour cette affaire
« Il n'a qu' faire là ;
« Deviens ma femme,
« Ou j' suis mort sans r'tour,
« Ma chère ame.... »
—Embrass' ta femme,
« Et vis pour l'amour. »

Air : *Ciel! l'univers va-t-il donc se dissoudre ?*

Là-d'sus, un air que l'orchestre nous racle,
Puis pour l' serment
De l'amante et d' l'amant,
Un' chapell' s'ouvr' par miracle
Et j'allions voir un pestacle,
A peu d' chos' près, gai comm' un enterr'ment;
Quand l' frère emprisonné,
Qu'a, non sans peine,
Rompu sa chaîne,
Accourt en scène
Comme un déchaîné.

Air : *Ah! comm' c'est drôle!*

Furieux, Rutwen veut l'fair' périr,
  Mais une heur' sonne,
Et d'la frayeur qu'il a d'mourir,
  L'défunt frissonne....
Mais c'est ben pis, quand après ça,
Il voit d'chaqu' fille qu'il suça
  L'ombre qui l'environne
Et qui lui dit : —Rutwen, viens ça....
  « Tu n'suc'ras plus personne. »

∿∿∿∿∿∿

Air : *Du lendemain.*

Il s'refuse à les suivre,
Il fait façon sur façon...
  C'est si dur de n'pus vivre ;
Ell' n'entendont pas raison ;
Il leur jure sur sa tête
De n'pus être un mécreant ;
Mais néant à la requête,
  Néant ! néant !

∿∿∿∿∿∿

Air : *Des Pendus.*

Par un feu d'artific' fort beau,
L'Vampire r'descend dans l'tombeau !
Mais mon avis, c'est qu'c'est l'parterre
Qu'aurait dû seul le mettre en terre,
Et je l'donn' pour ben enterré,
S'il ne r'vient, que quand je r'viendrai.

FIN DU TROISIÈME ET DERNIER ACTE.

# PROSPECTUS

DES

## OUVRAGES NOUVEAUX

QUI PARAISSENT CHEZ ROSA, LIBRAIRE,

*grande Cour du Palais-Royal, à Paris.*

AOUT 1820.

HISTOIRE DU PROCÈS DE LA REINE D'ANGLE-
TERRE, rédigée sur des documens recueillis à Lon-
dres, et sur des communications officielles; par A.-T.
Desquiron de Saint-Agnan, avocat à la cour royale
de Paris.

Au nombre des procès célèbres, de ces grands dé-
bats qui intéressent toutes les classes de citoyens, il
faut placer sans contredit l'accusation en adultère
portée par le roi de la Grande-Bretagne contre la
reine son épouse. Nous nous proposons d'offrir au pu-
blic le résultat de cette importante affaire. Notre tra-
vail sera publié par livraisons.

On souscrit chez Rosa, libraire, grande Cour du
Palais-Royal. On ne paye rien d'avance; les premier
et second numéros sont en vente. Prix, 1 fr. et 1 fr.
25 c., franc de port. Les lettres doivent être affranchies.
*Nota.* On ne vendra pas de cahiers séparément.

LES INTRIGUES DU JOUR, ou quatre tableaux de
nos mœurs, suivies d'un Tableau sans intrigue.
(1.° Les deux Sous-Préfets, ou le triomphe d'un
chef de bureau. 2.° Le Directeur et le Député, ou
la toute-puissance d'une voix au budget. 3.° Le
Commissaire de police et le Chef de Bureau, ou le
remplacement singulier. 4.° Le Directeur et son
Commis, ou la faiblesse en action. 5.° Le jeune
Abbé, ou le mariage des prêtres). Par M. Quesné;
1 vol. in-12, avec gravure.          Prix, 2 fr. 50 c.

**CADET BUTTEUX** à la première représentation du *Vampire*, pot-pourri par Désaugiers. Prix, 1 f. 25 c.

**LA MAISON POLITIQUE** que Jacques a bâtie. Brochure in-8.°, traduite de l'anglais, ornée de 13 gravures lithographiées. Prix, 2 fr.

Pamphlet politique anti-britannico-ministériel. Les libéraux y trouveront quelques passages qui pourront leur servir de pâture; mais les lecteurs raisonnables qui sont les seuls partisans de la Charte y reconnaîtront, quoique venant de chez nos voisins d'outre-mer, des principes totalement en harmonie avec ceux qu'ils n'ont cessé de professer jusqu'à ce jour.

**LA VÉRITÉ SUR JEANNE D'ARC**, 2 vol. in-8.° brochés. Prix, 8 fr.

**ÉVÉNEMENS ARRIVÉS EN FRANCE** depuis 1815, traduit de l'anglais de miss Williams, vol. in-8.° Prix, 3 fr.

**MÉMOIRES DE SAND**, suivis de la défense des universités d'Allemagne, avec le portrait lithographié. vol. in-8.° Prix, 3 fr.

*Pour paraître le 15 août.*

**POÉSIES SACRÉES** et Œuvres diverses de M.^me Desroches, 1 vol. in-12, orné de trois figures. Prix, 4 fr. 50 c.

La réputation des poésies de M.^me Desroches est faite, depuis long-temps, parmi les nombreux amis de cette dame, qui a été enlevée aux lettres à la fleur de son âge. Ce recueil, imprimé pour la première fois, ne peut manquer d'être accueilli favorablement.

**TABLEAU DE ROME** au commencement de 1814, 3 vol. in-12, avec quatre vues: 1.° le Colisée; 2.° le Panthéon; 3.° le Vatican; 4.° le Capitole; broché. Prix, 10 fr.

Contraste insuffisant

NF Z 43-120-14

www.ingramcontent.com/pod-product-compliance
Ingram Content Group UK Ltd.
Pitfield, Milton Keynes, MK11 3LW, UK
UKHW021132140726
13695UKWH00004B/1852